JOEY EL PAVO ESTABA BUSCANDO SEMILLAS BAJO UN MANZANO. CUANDO DE REPENTE SINTIÓ UN GRAN GOLPE PUM. ¡LE CAYÓ UNA MANZANA EN LA CABEZA!

ESTO HIZO QUE LE DOLIERA LA CABEZA. POR LO QUE DECIDIÓ TOMAR UNA SIESTA.

MW00891162

UNA HORA DESPUÉS, LISA, LA VECINA DE JOEY, PASABA POR ALLÍ.

"HOLA JOEY," DIJO LISA.
JOEY SE PUSO DE PIE PARA SALUDARLA CON SU SALUDO DE SIEMPRE, HACIENDO GLU-GLÚ... ¡PERO DESCUBRIÓ QUE YA NO SABÍA CÓMO HACER GLU-GLÚ!

ENTONCES SE PUSO MUY TRISTE.

EL PAVO QUE SE OLVIDÓ CÓMO HACER GLU–GLÚ

ESCRITO POR ALEXIS H. PURCELL

Copyright © 2003, 2012 Alexis H. Purcell
Todos los derechos reservados.
ISBN-13: 978-1480073883
ISBN-10: 1480073881
Ninguna parte de este libro puede ser reproducida o transmitida por ningún medio, sea electrónico de grabación, de fotocopia o cualquier otro, sin el permiso expreso y por escrito del propietario del copyright.
La historia de Alexis H. Purcell
Ilustraciones de Libros de Allison Keeme

DEDICACIÓN

ESTE LIBRO ESTÁ DEDICADO A MIS AMADOS HIJOS,
JULIA Y ALEX, Y MI ESPOSO, ROBERT. ES DEBIDO A
SU INQUEBRANTABLE FE EN MÍ QUE ESTA HISTORIA SE
HA CONVERTIDO EN UN LIBRO DE VERDAD,
¡Y MI SUEÑO SE HA HECHO REALIDAD!

LISA QUERÍA AYUDARLO, ASÍ QUE FUE AL PUEBLO PARA DECIRLE A LA GENTE LO QUE LE HABÍA PASADO A JOEY.

LA GENTE DEL PUEBLO DIJO:
"VAMOS A ENCONTRAR A LOS AMIGOS DEL CORRAL DE JOEY PARA QUE LE AYUDEN A QUE VUELVA A HACER GLU—GLÚ."

POCO DESPUÉS, LOS AMIGOS DEL CORRAL DE JOEY PASABAN A VISITARLO.

JOEY ESTABA DANDO VUELTAS CALLADO EN EL CORRAL CUANDO SU AMIGO EL GALLO RUBY SE ACERCÓ A LA CERCA Y LE PREGUNTÓ: "JOEY, ¿POR QUÉ ESTÁS TAN TRISTE?"

"ME TEMO QUE YA NO SÉ CÓMO HACER GLU-GLÚ," DIJO JOEY.

"ES FÁCIL, TE VOY A MOSTRAR CÓMO SE HACE," DIJO RUBY. "PRIMERO, PÁRATE BIEN DERECHO, PON LA CABEZA HACIA ARRIBA Y REPITE DESPUÉS DE MÍ:

"¡QUI-QUI-RI-QUÍ!"

JOEY SE SINTIÓ BIEN DE NUEVO Y EMPEZÓ A PASEARSE POR EL CORRAL HACIENDO GLU-GLÚ:

"QUI-QUI-RI-QUÍ,
QUI-QUI-RI-QUÍ"

AL DÍA SIGUIENTE, SU AMIGO PATRICK EL PERRO ESTABA DE PASO JUSTO CUANDO JOEY ANDABA HACIENDO GLU—GLÚ MUY ALEGRE.
"JOEY, ¿POR QUÉ SUENAS COMO UN GALLO?" LE PREGUNTÓ PATRICK.

"HEY, HOLA PATRICK, NO SUENO COMO UN GALLO, ESTOY HACIENDO GLU—GLÚ" DIJO JOEY.

"AY, JOEY, ASÍ NO SE HACE GLU—GLÚ. YO TE VOY A ENSEÑAR CÓMO HACER GLU—GLÚ." LE DIJO PATRICK QUERIENDO AYUDARLO.

"PRIMERO, SIÉNTATE DERECHO, PON TU CABEZA BIEN ARRIBA, HACIA EL CIELO, Y REPITE CONMIGO:

"GUAU"

ASÍ QUE JOEY HIZO LO QUE PATRICK LE DIJO.
PUSO SU CABEZA BIEN ARRIBA, HACIA EL CIELO,
Y REPITIÓ, IMITANDO A PATRICK:

"GUAU"

QUÉ BIEN ME SIENTO, PENSÓ JOEY.
EMPEZÓ A CORRER POR TODO EL
CORRAL, HACIENDO:

"GUAU, GUAU"

LUEGO, EN LA TARDE, LA VACA MINNIE-MOO PASÓ POR AHÍ. "HOLA" DIJO MINNIE-MOO. "GUAU" DIJO JOEY.
"JOEY, ¿POR QUÉ SUENAS COMO UN PERRO?" PREGUNTÓ MINNIE-MOO.
"YO NO SUENO COMO UN PERRO", DIJO JOEY, "TE ESTABA SALUDANDO HACIENDO GLU-GLÚ."

"OH, MI QUERIDO AMIGO JOEY, ESTÁS TAN EQUIVOCADO. SERÁ UN PLACER PARA MI ENSEÑARTE CÓMO HACER GLU-GLÚ CORRECTAMENTE," DIJO MINNIE-MOO.

"PRIMERO, PÁRATE, RESPIRA PROFUNDO Y REPITE DESPUÉS DE MI:

"MUU"

JOEY TENÍA TANTAS GANAS DE APRENDER A HACER GLU–GLÚ, QUE HIZO LO QUE MINNIE–MOO LE DECÍA. SE PARÓ, RESPIRÓ PROFUNDO Y REPITIÓ, IMITANDO A MINNIE–MOO:

"MUU"

"¡ESO SE SINTIÓ MUY BIEN!" DIJO JOEY. "¿CÓMO TE LO PUEDO AGRADECER MINNIE—MOO?"

"NO HAY NADA QUE AGRADECER. TÚ ERES MI AMIGO Y ME ENCANTÓ PODER AYUDARTE." DIJO MINNIE—MOO. "NOS VEMOS LUEGO."

DURANTE LOS PRÓXIMOS DÍAS JOEY SE SINTIÓ MUY CONTENTO Y FELIZ. ¡HABÍA VUELTO A APRENDER CÓMO HACER GLU-GLÚ! ESTABA PASÁNDOLA DE LO LINDO Y HACIENDO GLU-GLÚ POR TODO EL CORRAL Y DISFRUTANDO DEL SOL.

"MUU, MUU"

BUENO, PENSÓ, ¡CREO QUE AHORA SI APRENDÍ!

ASÍ QUE DESPUÉS DE AGRADECERLE Y DESPEDIRSE DE WISKERS, SE PUSO A HACER EN EL CORRAL:

"MIAU, MIAU"

ESTE ERA EL DÍA MÁS LINDO DE SU VIDA, PENSÓ, HASTA QUE... ESCUCHÓ QUE SU MEJOR AMIGO GILLIE EL PAVO LO LLAMABA DESDE LA CERCA.

"JOEY," LE PREGUNTÓ GILLIE, "¿QUÉ CLASE DE LOCURA ES ESTA?" "¿A QUÉ TE REFIERES?" DIJO JOEY CON UNA MIRADA MUY CONFUNDIDA EN SU CARA. "ESTOY PASANDO UN DÍA MARAVILLOSO HACIENDO GLU—GLÚ EN EL CORRAL."

"JOEY, ¿TE HAS OLVIDADO CÓMO HACER GLU-GLÚ?"
PREGUNTÓ GILLIE. "NO. YA NO" DIJO JOEY. "MIS AMIGOS
HAN VENIDO A AYUDARME DURANTE LA SEMANA Y YA
ESTOY MUCHO MEJOR, GRACIAS."

"TENGO QUE DECIRTE, JOEY, DEBES APRENDER CÓMO DECIR
GLU-GLÚ CORRECTAMENTE: REALMENTE: COMO DEBE SER.
TUS AMIGOS DE VERDAD TRATARON DE AYUDARTE, PERO
DESAFORTUNADAMENTE TE ENSEÑARON LOS SONIDOS QUE
ELLOS HACEN, NO LOS SONIDOS DEL GLU-GLÚ QUE LOS
PAVOS HACEMOS."

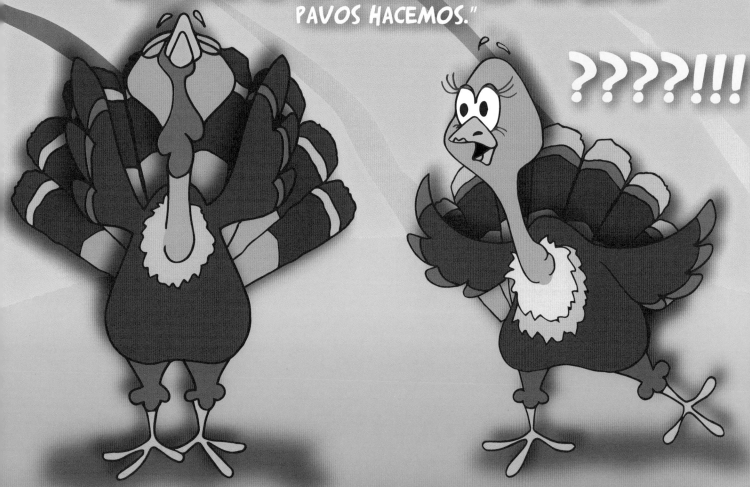

"POR FAVOR, DÉJAME MOSTRARTE LA MANERA APROPIADA DE HACER GLU-GLÚ, YA QUE YO SOY UN PAVO DE VERDAD," DIJO GILLIE.

JOEY, SINTIÉNDOSE REALMENTE FRUSTRADO Y AVERGONZADO, ESTUVO DE ACUERDO EN HACER UN INTENTO MÁS. "OK" DIJO JOEY EMOCIONADO.

"PRIMERO, PÁRATE, PON TU LENGUA EN LA PARTE DE ARRIBA DE TU BOCA, SACUDE TU CABEZA Y REPITE DESPUÉS DE MI:

"GLU-GLÚ, GLU-GLÚ...
GLU-GLÚ, GLU-GLÚ"

JOEY TRATÓ CON TODAS SUS FUERZAS. DECIDIÓ QUE TAL VEZ GILLIE
TENÍA RAZÓN Y QUE QUIZÁ LOS PAVOS SÍ SABEN CÓMO HACER
GLU—GLÚ MEJOR QUE SUS OTROS AMIGOS. ASÍ QUE SIGUIÓ LAS
INSTRUCCIONES
QUE LE DIO GILLIE, SE PARÓ, PUSO SU LENGUA EN LA PARTE DE ARRIBA
DE SU BOCA, SACUDIÓ SU CABEZA Y REPITIÓ COMO GILLIE:

"GLU—GLÚ,
GLU—GLÚ"

Y A LA DISTANCIA ESCUCHÓ A SUS AMIGOS RESPONDERLE:

"QUI-QUI-RI-QUÍ"
"GUAU"
"MUU"
"MIAU"
"GLU-GLÚ, GLU-GLÚ"

"...QUE TENGAS UNA LINDA
TARDE, JOEY."

ACERCA DE LA AUTORA

ALEXIS PURCELL VIVE EN LARKSPUR, CALIFORNIA, CON SU ESPOSO, SUS DOS HIJOS Y SU PERRITA BETSEY... LA PRINCESA DE LA CASA. LE GUSTA PASAR SU TIEMPO CON LA FAMILIA Y LOS AMIGOS, COCINAR Y HACER JARDINERÍA.

LA INSPIRACIÓN PARA ESTE LIBRO VINO DE SUS HIJOS, QUE LE PIDIERON: "INVENTA UNA HISTORIA" PARA SU LECTURA ANTES DE ACOSTARSE DE TODAS LAS NOCHES. ESTE LIBRO ES EL RESULTADO DE ESE PEDIDO TAN ESPECIAL.

35985649R10019

Made in the USA
Lexington, KY
02 October 2014